詩画集

プラテーロとわたし

J・R・ヒメネス
波多野睦美＝訳
山本容子＝絵

まえがき

五感の出会い

波多野睦美

この「プラテーロとわたし」の日本語は、音楽のために作りました。音楽とは、イタリアの作曲家カステルヌオーヴォ=テデスコが、スペイン語の朗読とギターのために創作した《プラテーロとわたし》です。音楽とともに朗読することが出発点、そのため語順はスペイン語のままです。テデスコの音楽は、ヒメネスの詩への敬意にあふれていました。音が詩にぴったりとよりそっているのです。色、香り、手触りなど、プラテーロのいた村の情景はすべて、ギターの音の中に息づいています。楽譜には、スペイン語の原文がギターの音符のすぐ上に記されていて、朗読のタイミングは記譜に細心の注意をはらわれているのがわかります。

詩人に対する音楽家の敬意を汲みとること。そして、共演するギタリスト、大萩康司《おおはぎやすじ》さんの響きを選ぶ言葉に反映させること。このふたつを胸に28篇を訳しました。長い道のりの終わりに、山本容子さんの銅版画と出会えたのは望外の喜びです。刷り上がったばかりの銅版画を目にした瞬間の、色彩が体に染みわたるような感動をこの先も忘れないでしょう。

編集の刈谷政則さん、スペイン語監修の濱田吾愛《はまだわかな》さん、そして大萩康司さん。ありがとうございました。感謝の言葉がうまく見つけられません。

ヒメネスもテデスコも、戦火のなか母国を離れ、異国で生涯を終えました。

いつか魂が帰っていきたい場所。プラテーロの眠る丘は、読む人にとっても懐かしい故郷なのかもしれません。

（二〇一九年夏）

目次

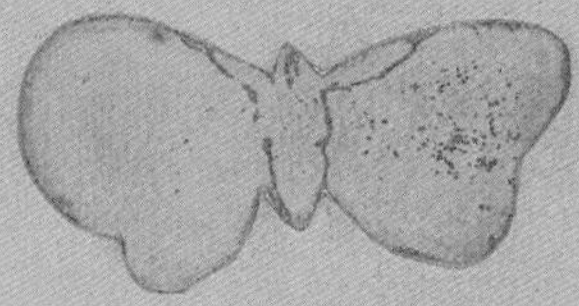

プラテーロ

プラテーロは小さくて　ふわふわした　柔らかい毛のロバ。とてもふんわりしているので　身体が綿《わた》でできていて　骨がないみたいだ。でもその瞳は　硬く　きらめく　黒い水晶　カブトムシ。

手綱《たづな》を放してやると草原へ出てゆく。鼻を寄せてはそっと撫《な》でる　小さな花々を　薔薇《ばら》色　空色　黄金《こがね》色の花々を。わたしはそっと呼ぶ「プラテーロ」　すると駆け寄ってくる　嬉しそうな軽い足どり　笑っているような　鈴のような　牧歌的な足音をさせて。

わたしがあげるものは　なんでも食べる。好きなのはオレンジ　タンジェリン　よく熟れた琥珀《こはく》色の葡萄《ぶどう》　む

らさき色の無花果《イチジク》　透明な蜜《みつ》がしたたるような。
　愛らしくて甘えん坊　小さな子供のよう。　でも芯《しん》は強く　固い　石のように。　プラテーロに乗って　町はずれの小道をゆく　日曜日。　村人たちが身ぎれいにして　のんびり立ち止まりながら　彼を眺《なが》めて言う。
「鋼《はがね》のようだな……」
　そう　鋼。　プラテーロは　鋼作りで　銀の色　月のように。

白い蝶

夜がきた　紫色の靄《もや》がかかる。　緑色と藤色の光が　教会の塔のむこうに漂っている。　坂道は　影　小さな鐘の音　草の匂い　歌声　疲れと渇《かわ》きでいっぱいだ。

突然　黒い人影　鳥打ち帽をかぶり　荷物検査の指し棒を持っている。　タバコの火が　男のみにくい顔を赤く照らす。　男はこちらへやってくる　石炭袋に埋もれた粗末な小屋から。　プラテーロはおびえる。

「何を運んじょっとや？」「どうぞ　見てください　白い蝶ですよ」　男は鉄の棒をカゴに突き刺そうとする　わたしはそうさせてやる。　*鞍袋《くらぶくろ》もあけてやる　もちろん彼には何も見えない。

こうして　魂のための食べ物は　税関を通過する　自
由に無邪気に　税を払うこともなく。

＊註　　鞍袋＝馬などの鞍の両側につるす革袋。

夕暮れの遊び

たそがれ時の町へ　プラテーロとわたしは入っていく　寒さにふるえながら　みすぼらしい路地の暗がりへ　乾ききった小川にそって。　貧しい子供たちが遊んでいる　おばけごっこや　物乞《ものご》いごっこをして。　ひとりは頭から袋をかぶる　もうひとりは目の見えないふり　ひとりは足をひきずるふり。

　そのうちすぐに　子供の心は変わる。　まるでちゃんと靴を履《は》き上着を着たように。　子供の心をお見通しの母親から　お菓子をもらったように。　みんな変身だ。　王子さまや王女さまに。

「うちの父ちゃんはよお　銀の時計　持っちょっとぞ」

「うちには馬がおるっちゃが」

「うちには鉄砲のあっとぞぉ」

夜が明ける前から鳴り出す時計　飢《う》えを撃ち殺せない鉄砲　馬が運ぶものといえば　貧しさだけなのに。

子供たちは輪になる。　すっかり日が暮れたなかで　言葉つきの違うよそ者の少女　あだ名は　緑の小鳥　その子が　闇をぬって流れる水晶の糸のような声で　お姫さま気どりで　歌う。

Yo soy la viudita del conde de Oré……

（わたしは　オレ伯爵《はくしゃく》の未亡人……）


そうだ！　そう　歌え　夢を見ろ　貧しい子供たち！

きみたちが青春の夜明けを迎える頃　みすぼらしい物乞いのような　冬のような春が　きみたちを脅《おびや》かす。

行こう　プラテーロ……

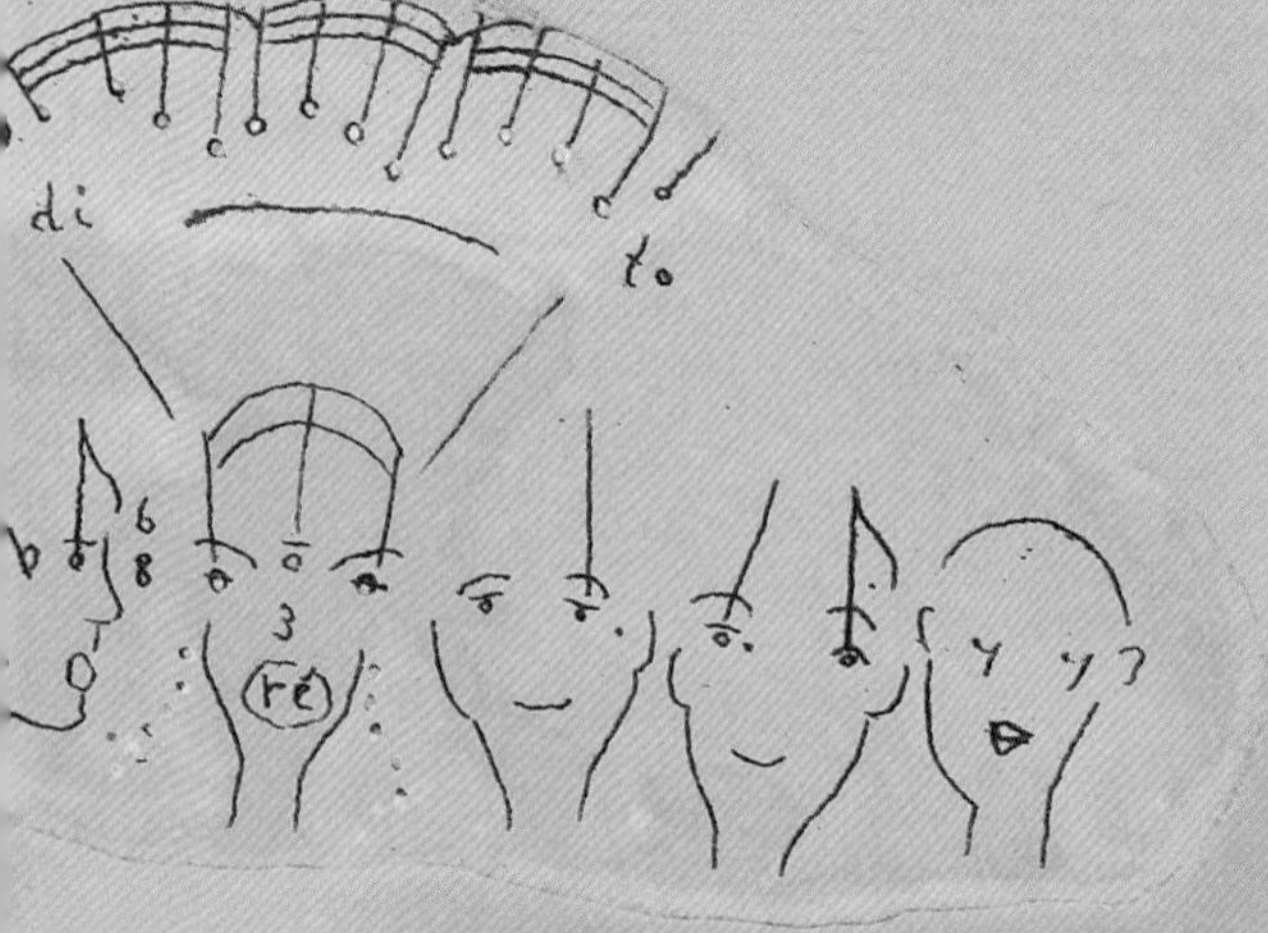
di
to
ré

soy la vi-u –
del con (de de)

エル・ロコ　狂った男

ナザレびとのようなひげをはやし　黒い服を着て　黒い簡素な帽子をかぶったわたしは　さぞ奇妙に見えるのだろう　ふんわりしたプラテーロに乗った姿は。
葡萄畑《ぶどうばたけ》へ行く途中　太陽が照らす白壁の町はずれ　髪ぼうぼうのジプシーの子供たちが　緑や赤のぼろ着の下から　日に焼けた腹をのぞかせて　わたしたちの後ろから走ってくる　くりかえし叫びながら。
El loco!　El loco!　El loco!
（狂った男！　狂った男！　狂った男！）
わたしたちの前には　緑の畑がひらける。　果てしなく澄みきった　蒼《あお》い焔《ほのお》のような空へと吸い寄せられる　わ

たしの目。耳からはすべての音が遠ざかる　受けとるの
はただ静けさ　名づけようのない穏やかさ　調和のとれ
た安らぎ　永遠の神々しさ　地平線の彼方の。
するとく遠くから野原を越えてくる　かん高い叫び声。
くぐもって　小さく　とぎれとぎれに　つまらなそうに
聞こえてくる。

El loco! El loco……
（狂った男！　狂った男……）

お告げの鐘

ごらん　プラテーロ　薔薇《ばら》が　あたり一面に降りそそいでいる。青い薔薇　白い薔薇　色のない薔薇　まるで空が溶けて　薔薇の花になったようだね。ほら　薔薇でいっぱいだ　わたしの額も　肩も　両手も　こんなにたくさんの薔薇　一体どうしようか？

わかっているんだねお前は　やさしい花が　どこからくるのか。わたしにはわからない。その花は　日ごとに景色をやわらげる　甘く　薔薇色に　白に　空色に。

もっと　薔薇を　もっと　薔薇を　フラ・アンジェリコの絵のように。あの画家はひざまづいて神の栄光を描き続けていただろう？

天国の七つの回廊から　地上へと　薔薇は撒《ま》かれると
いう。まるでかすかに色づいた　あたたかい雪のように
薔薇は　塔や　屋根や　樹々に降りそそぐ。
ほら　薔薇に飾られ　荒々しいものも　優しくなる。
もっと　薔薇を　もっと　薔薇を　もっと　薔薇を
プラテーロ　お告げの鐘《かね》が鳴っている間にも　わたし
たちの普通の生活　その生命《いのち》は力をなくしていくように
みえる。でも一方で　もっと崇高《すうこう》な　永遠に変わること
のない　純粋な力は　恵みの噴水のように湧《わ》いて　星へ
届けられているようだ　薔薇の間できらめく星々へ。
もっと　薔薇を　もっと　薔薇を
お前の瞳　プラテーロ　自分では見えないだろうが
空を静かにあおぐその瞳《ひとみ》も　ふたつの美しい薔薇だ。

つばめ

あそこにいるよ　プラテーロ　黒い元気なつばめが　灰色の巣にモンテマヨールの聖母の絵姿《えすがた》のところに。　だからみんなに大事にされている。　不運なつばめたちはびっくりしているね。　かわいそうに　つばめたちは　今回は間違えてしまったらしい。　ちょうど先週の午後二時の日食の時　にわとりが夜と勘違いして　鶏小屋《とりごや》に逃げ込んだようにね。　今年の春はそのきれいな姿をいつもより早くあらわした。　けれど春は　もう一度ふるえながらそのやわらかな体を隠さなければならなかった　三月の曇り空のベッドに。　オレンジの花がつぼみのままおれるなんて！

つばめたちはもうここにいる　プラテーロ。　でも　なにも　聞こえないね。　いつもの年なら　到着した日から　みんなに挨拶《あいさつ》し　好奇心

をいっぱいにして　おしゃべりし　花々に語るのに。　アフリカで見たこと　その行き帰り　翼を帆《ほ》のように張って　水面《みなも》に降りたこと。　船の先に止まった　海の旅のこと。あちこちの夕陽　夜明け　星の夜を。

　つばめたちはどうしたらいいかわからない。　だんまりと　戸惑いながら飛んでいる。　まるで　子供に道を踏みにじられたアリのように。戻ってきてはくれない。　くるりと回っては　ヌエバ通りを真剣に　まっすぐに飛んではくれない。　井戸の中の古巣にも入らない。　とまろうともしない。　北風をうならせる電線の上で　おなじみの姿を描いてくれない。　白い碍子《がいし》＊にもとまらない。

　この寒さでは　死んでしまうよ　プラテーロ！

＊註　碍子＝電線などを支持物から絶縁するために用いる絶縁体。硬質磁器や合成樹脂などで作られる。

戻り道

わたしたちは山から戻ってきた　プラテーロは背中にマジョラムを　わたしは黄色いアイリスの花を手に。

四月の夕暮れ。すべてが　金色の水晶のようだった西の空は　銀の水晶になっていた。まるでなめらかに輝く水晶の白百合《しらゆり》のよう。そうして　大空は　透き通ったサファイアから　エメラルドに変わった。わたしはさびしく戻ってきた。

坂の上　町の教会の塔が　青くきらめくアラビアのタイルで飾られて　不滅の姿をみせていた　清らかな時の中で。近くで見るとその塔は　はるかに望む「ヒラルダ」のようだった。そして都会への郷愁《きようしゆう》　春に強くなるわた

しの物思いも　あの塔に慰《なぐさ》められてきた。
戻る　どこへ？　どこから？　なんのために？
戻る　どこへ？　どこから？　なんのために……。持ってきたアイリスはますます香っていた。あたたかく爽《さわ》やかな夜がふけゆく中　その香りはいっそう強く同時に　いっそうかすかになる。それは　形のない花　香りだけをもつ花からの香り　体も魂も酔わせる　孤独な暗闇《くらやみ》の香り。
わたしの魂　暗闇のアイリス！
突然に　思い出した　プラテーロが　わたしを乗せていること。彼はわたしの体になりきっていた　忘れるほどに。

春

朝のまどろみのとき　子供たちの悪魔のようなさわぎに　さまたげられた。ついに　眠れないとあきらめ　ベッドから離れた。開けはなたれた窓から野原を眺《なが》めて気づいた。邪魔をしたのは　小鳥たち。

果樹園へ出かけ　詩をうたう　真っ青な空を恵まれた神への感謝を。小鳥たちの自由なコンサート！　生き生きと終わりなく！　つばめは歌う　気ままに井戸のそば。九官鳥は口笛　落ちたオレンジの上。ヨシキリはしゃべりまくる　樫《かし》の木から木へと。マヒワは笑う　長く細くユーカリのてっぺん。そして　すずめたちは松の木で大騒ぎの議論だ。

朝がきた！　太陽が大地に　金と銀の喜びをまき散らす。　色さまざまな蝶《ちょう》が　あちこちでたわむれる　花のまわり　家の中でも外でも　泉のほとりでも。

いま　野原はいたるところで鼓動《こどう》し　わき立ち　叫びはじめる　新しい健《すこ》やかな命。

まるで大きな光る蜜《みつ》の巣にいるようだ。　燃え立つ大輪の紅ばらの芯《しん》の中に。

四月の田園詩

子供たちはプラテーロと一緒にポプラの小川へでかけた。　そして今　かけもどってきた　じゃれあったり　わけもなく大笑いしながら　彼の背中に黄色い花をいっぱいに積んで。　むこうで雨にあったようだ。　雲は流れ　緑の草原にベールをかける。　金や銀の雨の糸　ふるえている　涙のリラのような　それは　虹《にじ》だ。　小さなロバの濡れた背中で　しっとりとした風鈴草《ふうりんそう》は　雫《しずく》を滴《したた》らせる。

田園の詩！　爽《さわ》やかで　のん気で　感傷的だ！　プラテーロの鳴き声まで優しくなる　雨に濡れた香りのよい積み荷の下で。　ときどき　彼は首を回して　花をくわえる　その大きな口が届くかぎり。　風鈴草は　白と黄色だ

ほんの一瞬　青葉色のよだれの中にぶら下がり　すぐに革の帯を締《し》めた腹の中に入ってしまう。　プラテーロ　誰がお前みたいに花を食べられる？　お腹もこわさずに。

四月の午後は移り気　プラテーロの生き生きと光る二つの目は映し出す　太陽と雨の移り変わりのすべてを。夕陽が沈む　サンホアンの野原のあたりに　雨がこぼれ落ちるのが見える　薔薇《ばら》色をした　もうひとつの雲から。

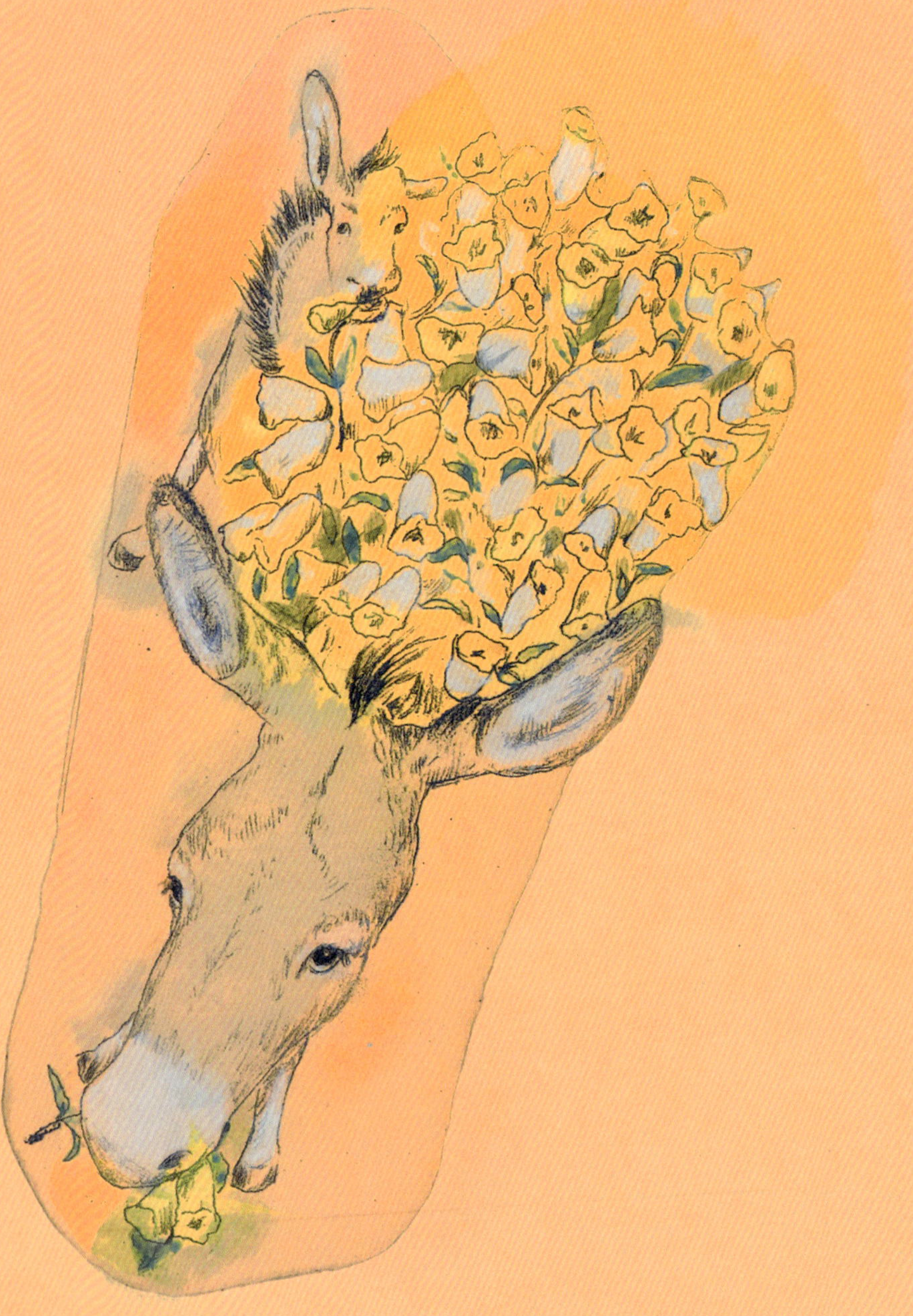

カナリアが飛んだ

ある日　緑色のカナリアが　なぜかどのようにかしらないが　鳥籠《とりかご》から飛び出した。その年とったカナリアはある婦人の悲しい形見だった。わたしは籠から出さなかった。怖れていたから　カナリアが寒さや飢えで死んだり　猫に食べられたりするのを。

朝の間　小鳥はずっと飛び回っていた。果樹園のざくろの木　門の松の木　リラの木のそばを。子供たちも朝の間じゅうずっとテラスに座って眺めていた　黄色がかった小鳥の　小きざみな飛行に夢中になりながら。プラテーロは手綱《たづな》をとかれ　蝶《ちょう》と遊びながら　薔薇《ばら》のそばでのんびりしていた。

夕方　カナリアは母家《おもや》の屋根にやってきた。そこに長いこと羽ばたきながら　とまっていた　夕暮れのやわらかい日差しのなかで。そして突然　誰も知らぬ間に　どのようにかしらないが　籠の中に戻っていた。ふたたび楽しそうに。

庭では大騒ぎだ！　子供たちは跳ね回ったり　手をたたいたり　朝の空のような薔薇色の頬《ほお》をして笑っていた。犬のディアナも興奮して子供たちを追いかけ　首の鈴に合わせて吠《ほ》えたてた。プラテーロもつられて銀色の体を揺らしはしゃいでいた　子山羊《こやぎ》のように。そして気分を変えると　後脚で立ち上がるなり　荒っぽいワルツを踊った。そして今度は前脚をついて　後脚で蹴り上げた澄んだ甘い空気を。

友情

わたしたちはわかりあっている。わたしはプラテーロを彼の好きな場所に行かせる。すると彼はいつも　わたしの好きな場所へ連れていってくれる。

プラテーロは知っている。コロナの松の木に着くとわたしが木の幹に近づいて優しく撫《な》でるのが好きなこと空を眺めるのが好きなこと　大きな明るい木の梢《こずえ》を透かして。

草地を通りぬけた　小径《こみち》のむこうにある　古い泉が好きなこと。松の丘から眺める川の流れ　いにしえの風景をしのばせるその丘が　一番わたしを楽しませることを彼は知っている。プラテーロの背中でのんきに眠りこみ

目をさますと　いつもこんな　親しげな風景が広がっている。

わたしは彼を小さな子供のように扱う。道が荒れていたり　彼が辛《つら》そうな時は　降りて楽にしてやる。キスをしたり　からかったり　怒らせたりする。でも　彼にはわかっている　彼を好きだと。だから　恨《うら》まない。

わたしたちはあまりに似ている。ほかとは違いすぎるから　信じるようになった　見る夢も同じだと。

プラテーロはわたしに首ったけだ　まるで情熱的な若い娘のよう。文句など何も言わない。彼の幸福はわたしなのだ。他の人間やロバさえも　彼は避けるのだから。

子守娘

炭焼きの小さな娘　可愛らしく　薄汚れている　コインのよう。　黒く光る瞳と　煤《すす》にまみれ血が出ている固い唇。　あばら屋の戸口で　一枚のタイルの上に座り　小さな弟を寝かしつける。

五月の時はきらめき揺れる。　まるで太陽を内にふくんだように熱く　明るい。　まばゆいような平和　耳に届くのは　屋外で料理をしている鍋《なべ》の音　カバーリョスの牧草地で動物たちが鳴き交わす声　海からの風がさんざめく音　ユーカリの茂みのざわめき。

心をこめて　優しく　炭焼きの娘は歌う。

Mi niño se va a dormi

（赤ちゃんは眠るよ）
en gracia de a Pajtora
（羊飼い娘の優しさのなかで）
歌が途切れる　風が木の頂《いただき》で吹く。
y por dormirse mi niño
（赤ちゃんが眠りに落ちるから）
se duerme la arruyadora……
（子守唄も眠ってしまうよ）
風がたつ……。
プラテーロは静かに歩き　近づく　焼いた松の枝の上を　少しずつ。　そして寝そべる　黒い土の上に。　そして子守歌に揺すられ　眠りに落ちる　子供のように。

ra - sin de la Paj - to - - - ra
ni - ño se duer - me la arruyado[5] - ra...

Mi ni - ño se va a dormi
y por - - -
dormirse

結核の娘

彼女はまっすぐに腰かけていた　粗末《そまつ》な椅子《いす》に。　白く生気のない顔で　枯れたナルド*のように　冷たく白い病室の真ん中。　医者は彼女に言ってあった　野原へ出かけて　爽《さわ》やかな五月の太陽にあたるようにと。　でもかわいそうに　娘にはできない。　私に言った。「橋に着くとね　ご存知の通りあんなに近いのにね　息が　苦しくなって……」　その声は子供っぽく　かぼそく　とぎれとぎれにかすれていた　時々吹いては止んでしまう　夏のそよ風のように。

わたしはプラテーロを　彼女の散歩にかしてあげた。ロバの上の娘がたてる笑い声！　死人のように尖《とが》った顔

には　まっ黒な瞳と　まっ白な歯だけ。
女たちは戸口に出てきて　通り過ぎるわたしたちを見ていた。プラテーロはゆっくり歩いた　知っているかのように。その背中に乗せているのが　こわれやすい　ガラスのアイリスだと。娘は　モンテマヨールの聖母の純白の装いをして　腰には深紅のひもをつけ　希望と熱に浮かされたその姿は　まるで天使のよう。町を横切って南の空へと向かっていく。

＊註　ナルド＝ヒマラヤの高地に生息する植物。古代から薬用、香料として使われた。

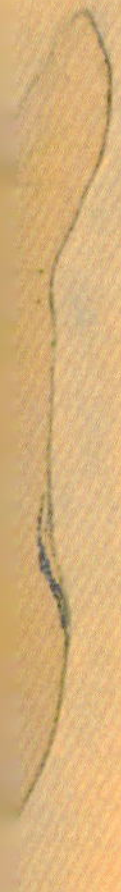

ロンサール

綱を解かれたプラテーロ　草を食べている。　小さな野原の　可憐《かれん》な雛菊《ひなぎく》の間で。　わたしは　松の木の下に寝そべり　アラビア風の鞍袋《くらぶくろ》の中から薄い詩集を取り出す。　印をつけた場所を開き　声をあげて読みはじめる。
Comme on voit sur la branche au mois de mai la rose,
（五月に咲く薔薇《ばら》を眺めるなら）
En sa belle jeunesse, en sa première fleur,
（その初めての花　その新鮮な美しさは）
Rendre le ciel jaloux de……
（天をも嫉妬《しっと》させるほど……）
梢の上　小鳥が一羽　ひらりと飛び　歌う。　太陽が小鳥を染める　ため息のようにそよぐ梢と同じ　金色に。　羽ばたきとさえずりが種の割れる音に混じる。 小鳥の昼食だ。

…jaloux de sa vive couleur…

（そのあざやかな色に嫉妬する……）

何か生あたたかい巨大なものが 突然 生きた船の舳先《へさき》のように わたしの肩に食い込んでくる。 プラテーロだ。 疑いもなく 彼はオルフェウスの竪琴《たてごと》に魅《ひ》かれて わたしと一緒に詩集を読みにきたのだ。 ふたりで読む。

De sa vive couleur,

（そのあざやかな色）

Quand l'aube de ses pleurs au poinct du jour l'a…

（曙《あけぼの》の女神が涙するのは 陽《ひ》が昇《のぼ》る時）

しかし小鳥の消化の良いこと 調子はずれな食事の音で 言葉をかき消してしまう。

ロンサールは 自作のソネット「夢の中で 朗らかなあの人を 抱きしめる」 その詩のことなどつい忘れ 黄泉《よみ》の国で笑っているだろう。

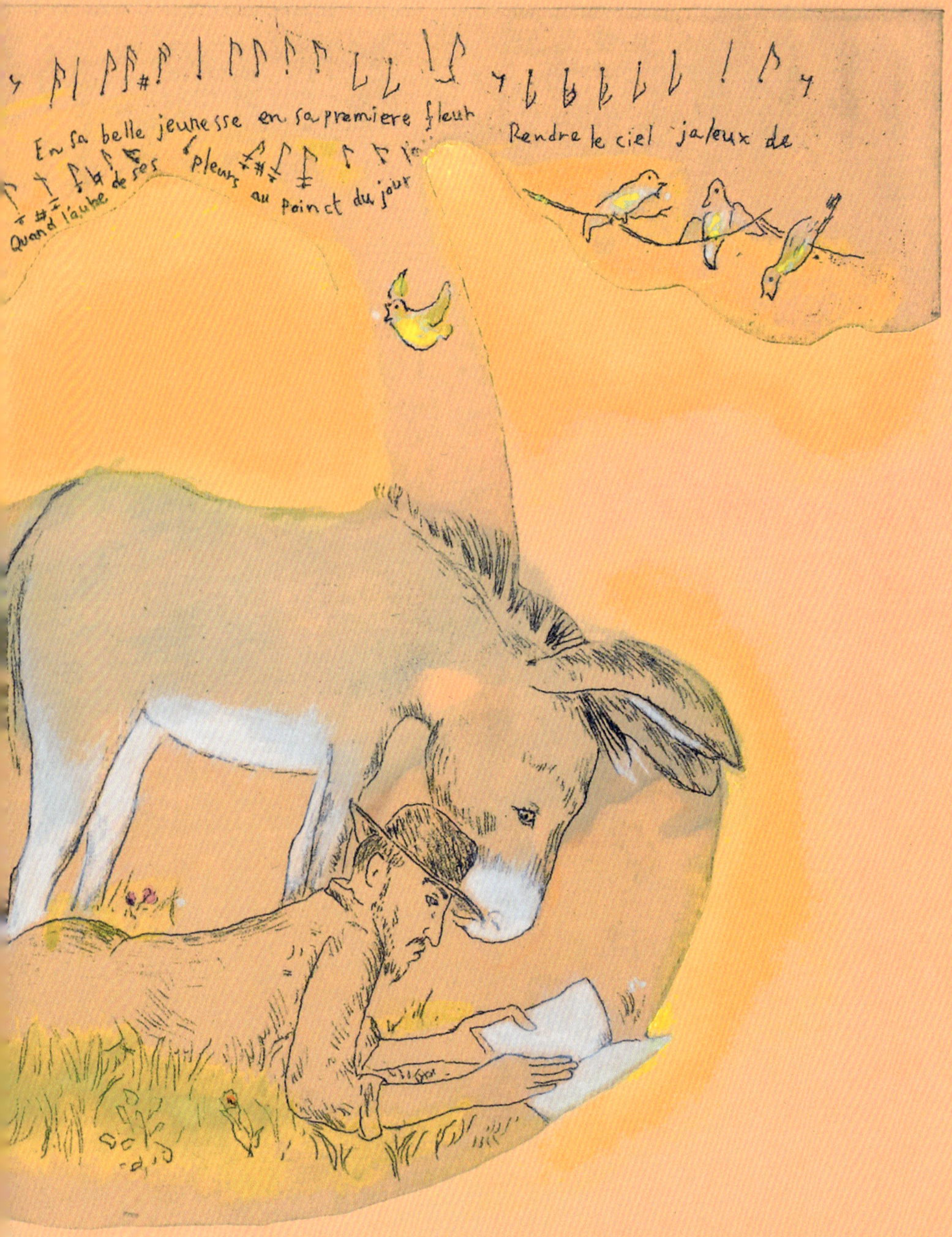
En sa belle jeunesse en sa premiere fleur
Rendre le ciel jaleux de
Quand l'aube de ses pleurs au poinct du jour

Comme on voit sur la branche au mois de mai la rose
jaloux de sa vive couleur De sa vive

道端の花

なんと純粋な花だ　プラテーロ。なんと美しいんだ
この　道端に咲く花は！　そのそばを通りすぎるさまざ
まな群れ。雄牛　雌山羊《めやぎ》　子馬　人々。その花はとても
小さくもろいのに　澄んだ藤色をして　まっすぐに佇《たたず》ん
でいる。自分の場所でどんな汚れにも染まることなく。
毎日　坂の上り口で　わたしたちが近道を行く時　お
前は見ていたね　その花が　緑色の自分の場所にいるの
を。花のそばの一羽の小鳥　飛び立ってしまう　なぜだ
ろうね？　わたしたちが近づくから？　そして今　花は
小さな盃《さかずき》のように　澄んだ水を湛《たた》えている　夏の雲から
の水を。そして蜜蜂《みつばち》が蜜を盗んだり　蝶《ちょう》がその周りを飛

ぶのを受け入れている。
この花の命はほんの数日だ　プラテーロ。　でも　その記憶は残る　永遠に。
その命は　お前の春の一日にあたる。　わたしの人生では　ひとつの春に。
秋にこんな花があるだろうか　プラテーロ。　この聖なる花にかわるような　永遠に　ありのままの　わたしたちの日々の手本となるような花が。

井戸

井戸《ポーソ》！　プラテーロ　なんて深い言葉だろう　深緑色で　ひんやりして　よく響く言葉だ。　まるで　言葉そのものが　回転しながら　暗い地面を貫いているようだ　冷たい水に届くまで。

ごらん　無花果《イチジク》の木　井戸を飾りながら　縁《ふち》の石をこわしている。　内側の　手の届くところには　緑に苔《こけ》むす煉瓦《れんが》の間に　強い香りをはなつ一輪の青い花。　ずっと下の方には　一羽のつばめが巣を作っている。

その下　暗い闇の柱廊《ちゅうろう》の奥には　エメラルドの宮殿と湖。　その静寂に石を投げれば　湖の逆鱗《げきりん》に触れ　呻《うな》り声をあげる。　そして　空が見える　一番底に。

夜がやってくる　すると月は　深い底で燃えて輝く
移り気な星に飾られて。　静けさ！　いくつもの道を通り
命は旅立っていった　遠くへと。　魂は井戸の深みへと逃
げ込む。　黄昏《たそがれ》のむこう側が見えるようだろう。　そして
夜の巨人が　井戸の口から出てくるようだ　世界の秘密
のすべてを手にした巨人が。　ああ　迷宮よ　静かで　魔
法のような　暗く　香り高く　魂を吸い寄せる広間よ！
プラテーロ　もしある日　わたしがこの井戸に身を投
げても　自殺ではない　ほんとうだよ　星をすばやくつ
かまえるためさ。
プラテーロは鳴いた　喉《のど》の渇《かわ》きをうったえて。　井戸の
中から　一羽のつばめが　おどろいて　そっと飛び立つ。

すずめ

サンティアゴの祝日の朝は　灰色と白に曇っている　綿でくるまれたように。　みんなミサに行ってしまった。　庭に残ったのは　すずめたちと　プラテーロと　わたしだけ。

すずめたち！　丸い雲が　時折　小さな滴《しずく》を降らせる　その下で葡萄《ぶどう》の蔓《つる》の間を出たり入ったり。　さえずりあったり　くちばしを互いについばんだり。　枝に舞い降りる　そして枝を揺らして飛び立つ。　また一羽は飲んでいる　井戸の縁石の水たまりに映る　小さな空を。　あちらの一羽はジャンプする　納屋《なや》の上へ　屋根を覆《おお》う花は枯れそうだが　曇り空のおかげで鮮やかだ。

幸福な小鳥たちに　決められた祭日などない！　その生まれも　その真実も　自由で単純　鐘の音も彼らには意味がない　教会の鐘すら

ぼんやりと何かを告げるだけ。　満ち足りて　果たすべき義務もない
あわれな人間がとらわれる恍惚《こうこつ》の天国も　恐ろしい地獄もない。　知っ
ているのは　自分たちの道徳と　空の青たる神だけ　わたしの兄弟た
ち　いとしい兄弟たちだ。
　旅するすずめたち　金も鞄も持たずに　好きな時に住みかを変える。
小川の場所も　茂みの場所も知っている。　そして幸福を得るためには
その翼をただ　開くだけ。　月曜もない　土曜もない。　いつでもどこで
も水浴びをする。　名もなき恋人を愛し　みんなの恋人を愛する。
　そうして　日曜日　哀れな人間たちが　扉に鍵をかけミサに行くと
き　すずめたちは　儀式とは無縁の愛を陽気に見せてくれる。　突然に
やってきては　楽しげに　小粋《こいき》に　まくしたてる　戸締りをした家の
庭で。　そこには　すずめたちがよく知る名もなき詩人と　小さなやさ
しいロバがいる。（お前も私と一緒だろう？）　彼らを兄弟として眺め
ている。

日曜日

　祭りの朝の空の下　鈴の音がふれまわる　近くに　遠くに　鳴り響く。　まるで空の青が水晶になったような音だ。　野原は少しくたびれているが　花が舞うような陽気な音で金色に染まっている。

　みんな見張り番すら　町へ行列を見に行った。　居残ったのは　プラテーロと　わたしだけ。　なんと平和な　なんと爽やかな　なんという幸福だ。　プラテーロを　高い所にある草地へ放す　わたしは　鳥がたくさんとまっている松の木の下に横たわり　詩を読みはじめる。　オマル・ハイヤーム*を。

　鈴と　鈴の間の　静けさ　そこにわき起こるのは　九

月の朝の　隠れていた姿と音。　黒と金色をしたスズメバチが飛び回る　マスカットの房を重たげにつけた葡萄棚《ぶどうだな》のまわりを。　そして　花と見まがう蝶《ちょう》たちは　舞い上がるたびにそれぞれ新しい色へと変身する。
この孤独は　大いなる光の思考のようだ。
ときどき　プラテーロは食べるのをやめる　そしてわたしを見る。　わたしは　ときどき読むのをやめる　そして見る　プラテーロを。

＊註　オマル・ハイヤーム＝ペルシアの詩人、科学者。愛と自由をたたえた四行詩『ルバイヤート』の作者として有名。

月

プラテーロは水を飲んだ　桶《おけ》で二杯も　星と一緒に。そして裏の井戸から　厩《うまや》まで　ゆっくり　ぼんやりと戻ってきた　背の高いひまわりの間をぬけて。わたしは待っていた　石灰を塗った厩の入り口で足をのばし　あたたかいヘリオトロープの香りに包まれながら。

九月　しっとり濡《ぬ》れた屋根の彼方で野原は眠り　松の力強い息吹を送っていた。黒い　巨大な雲が切れるとまるで大きな雌鶏《めんどり》が金の卵を生んだように　月が　丘の上に落ちた。

わたしは月に語りかけた。

Ma sola ha qusta luna in ciel, che da nessuno

cader fu vista mai se non in sogno.
（けれど　独り　空の月　その沈む姿を知るのは　夢見るものだけ）

プラテーロはじっと月を見ていた。そして固く小さな音をたて　耳を片方ふった。彼はうっとりとわたしをみつめ　もう片方の耳をふった。

カナリアが死んだ

ごらん　プラテーロ　子供たちのカナリアが　今日の夜明け　死んでいたよ　銀の鳥籠《とりかご》の中で。ほんとうに　哀れなほど年をとっていた。彼の最後の冬を　お前もよく覚えているだろう　カナリアは　頭を羽に隠すようにして　静かに過ごしていた。そして春がおとずれ　太陽が家の中までも庭に変えて　中庭で一番美しい薔薇《ばら》が開いた時　カナリアは　自分も新しい命を飾りたかったのだ。そして歌った　だがその声は弱々しく枯れていた　ひび割れた笛のように。

一番年長の　小鳥の世話役だった少年が　鳥籠の底で硬《かた》くなったカナリアを見つけ　泣きじゃくりながら急いで言った。

「足らんもんなんか　何もなかったのに　食べ物も　水も！」

そう　足りないものは　何もなかった　プラテーロ。カナリアは死

んだ　ただそれだけ　と　もう一羽の年老いたカナリア　カンポアモールなら　そう歌っただろうね。

プラテーロ　小鳥に天国はあると思うかい？　青空の上に緑の園があるだろうか？　金色の薔薇が咲く　小鳥たちの魂のための園。　白薔薇色　青　黄色の鳥のための。

さあ　夜がきたら　子供たちと　お前とわたしとで　死んだカナリアを庭におろそう。　いまは　満月だ。　蒼白《あおじろ》い銀の光の下　かわいそうな歌い手は　少女ブランカの白い手の中で　黄色いアイリスの萎《しぼ》んだ花びらのようだろう。　土に埋めてあげよう　大きな薔薇の茂みの下に。

春になれば　プラテーロ　その鳥が飛んで行くのが見えるだろう　白い薔薇の胸から。　四月　大気は芳《かぐわ》しく　美しい音楽となる。　聞こえてくるだろう　陽の光の中の　魔法のような　目に見えない翼の羽ばたき　秘《ひそ》やかに流れる　澄んだ金色の　明るい歌声が。

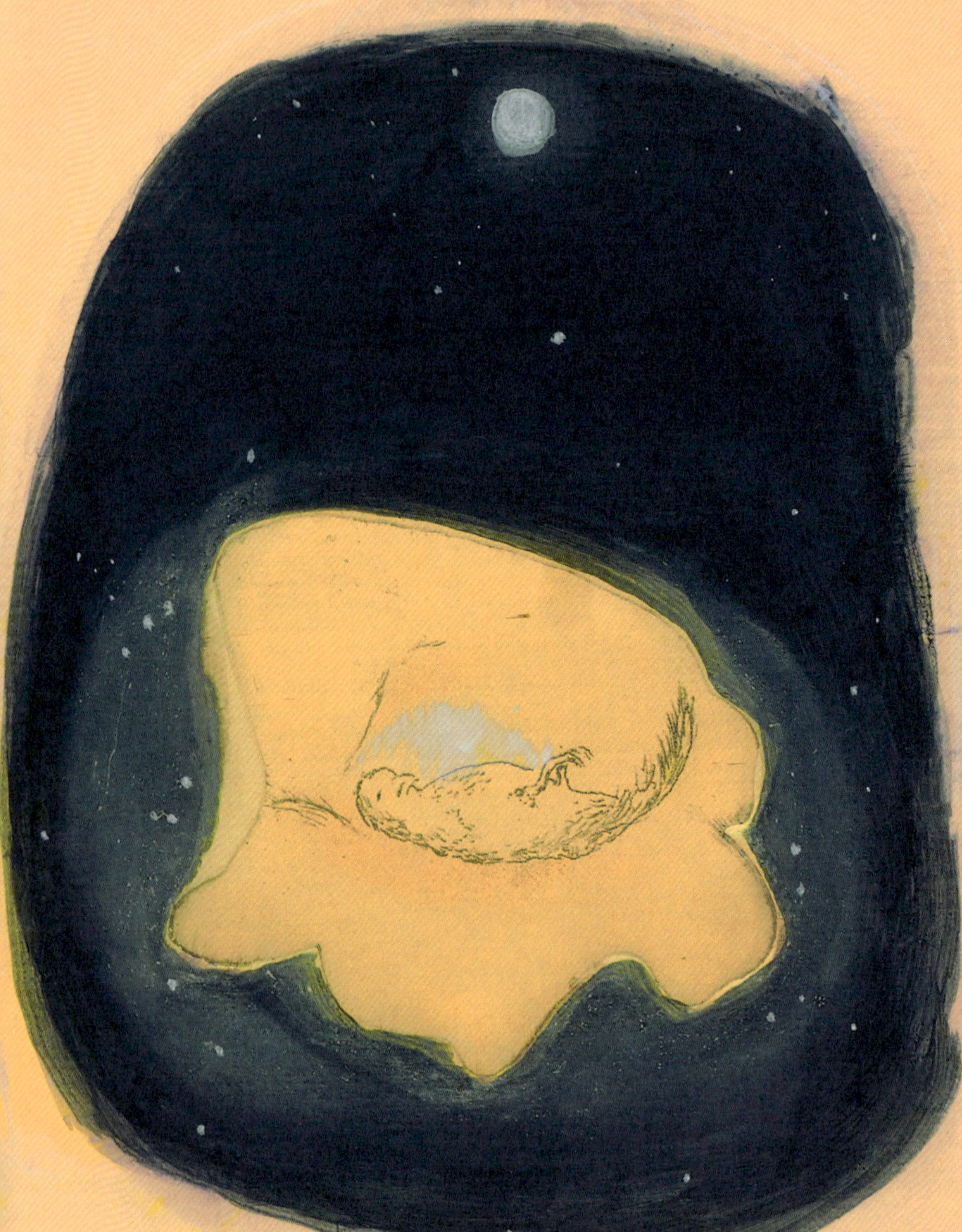

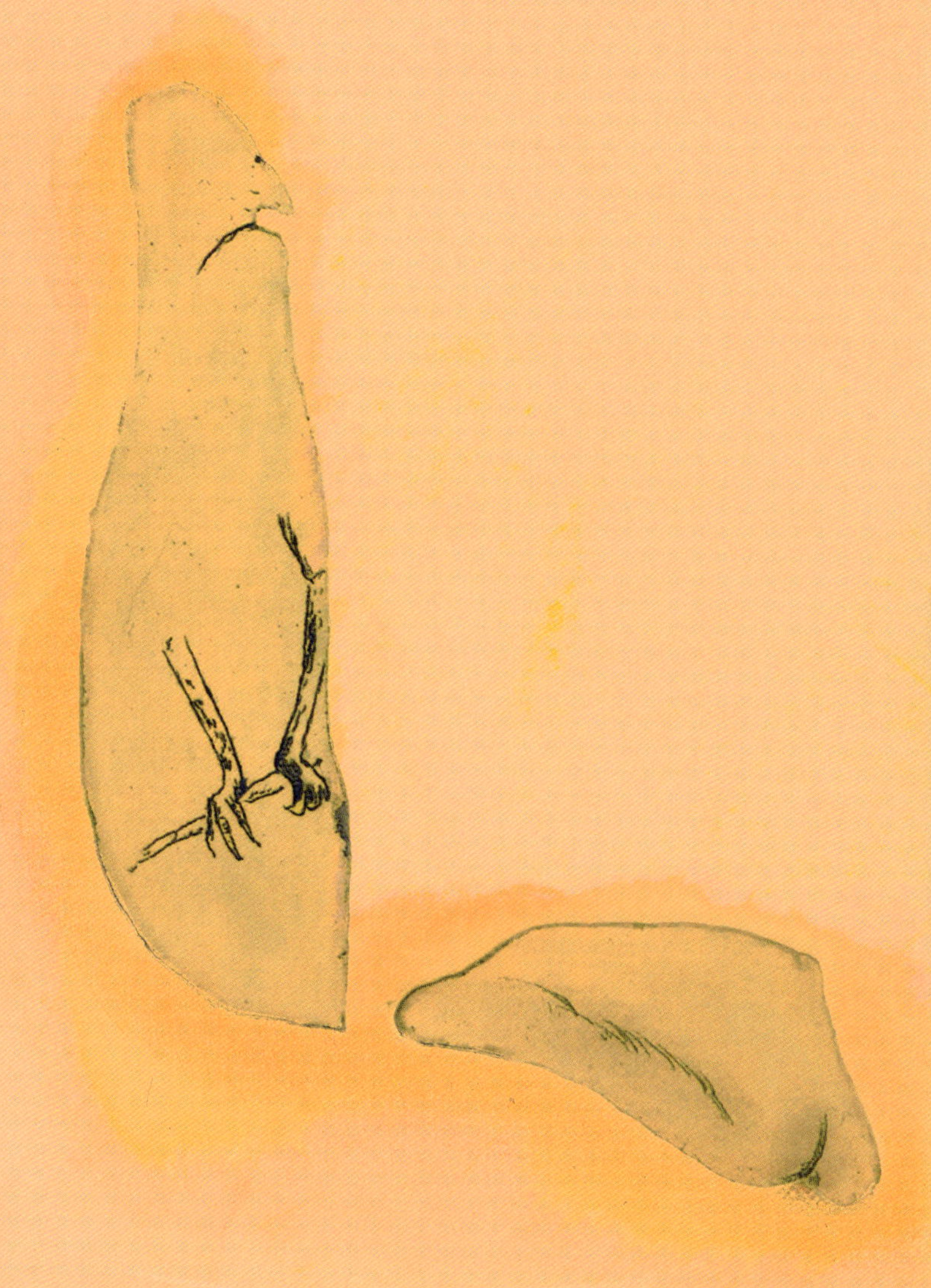

十一月の田園詩

たそがれ時　プラテーロは野原から戻ってくる　暖炉《だんろ》にくべる松の枝をふわりと積んで　背中に余る萎《しお》れた緑の枝で　彼の姿はほとんど隠れている。その歩調は規則正しく細やか　まるでサーカスの綱渡りの娘のよう　繊《せん》細《さい》で軽やか。歩いているようには見えない。両耳が立っている様子は　家を背負ったカタツムリのようだ。

緑の枝　松の木からまっすぐ生えていたその枝には太陽と　マヒワと　風と　月と　カラスが居たのに。ひどいことだ　プラテーロ！　今はかわいそうに　ホコリだらけだ　日暮れの　乾いたあぜ道で。

ひんやりとした　やわらかい藤色の空気が漂《ただよ》う。野原は十二月を待っている。謙虚《けんきょ》で穏やかなロバの　積み荷を背にした姿が　過ぎた一年の歳月にも似て　神聖に見え始める。

ジプシーたち

ごらん　プラテーロ。　ほら　道を降りてくるあの女　赤銅《しやくどう》色の陽の光の中　まっすぐ背を伸ばし　誰にも目をくれない。　若い頃の美しさをよく残していること！　樫《かし》の木のようだ。　冬というのにショールもつけず　腰には黄色い布　白い水玉模様の　フリルいっぱいの青いスカートをはいている。　彼女は役場へ行くのだ　キャンプの許可をもらうためさ　いつものように墓場の裏に。　覚えているだろう　ジプシーたちのボロボロのテントを。　焚《た》き火　派手な女たち　腹をすかせて死にそうな　彼らのロバたちを。

ロバだよ　プラテーロ！　フリセータのロバたちは　低い柵《さく》の中でびくびくしているだろう　ジプシーたちの気配を感じて。　わたしはプラテーロについていては安心している　ジプシーたちが彼の小屋にたどり

着くには　町を半分飛び越す必要があるし　それに見張り番のレンヘールは　わたしたちのことが好きだからだ。

しかし　わたしは　ふざけて命令した。恐ろしげな　太い声で。

お入り！　プラテーロ！　ほら！　柵を閉めるよ　連れていかれるぞ！

プラテーロは自分がジプシーたちにさらわれないと　ちゃんとわかっていて　軽《かろ》やかに柵を通った。そのうしろで鉄とガラスの扉が　壊れそうな音で閉まる。そして彼は一足飛びに大理石の中庭から　花の中庭へ　そして裏庭へと　矢のように跳ねていった。

乱暴だね　散らしてしまったよ　青い蔓草《つるくさ》を　そのひと飛びで。

回復

淡い黄色の灯り　療養の部屋の中には　やわらかな絨《じゅう》毯《たん》とタペストリー。わたしは聞いている　夜の通りを過ぎていく音を　星の滴《しずく》を夢見ながら。野原から帰るロバたちの弾んだ足音　子供たちの遊ぶ声。思い浮かべる。ロバたちの黒い大きな頭　そして子供たちの小さな頭。ロバのいななきに混じる　澄んだ銀の歌声　クリスマスの歌を歌う　子供たちの声。
町は　包まれているらしい　栗《くり》を焼く煙と　厩《うまや》から立ち上る湯《ゆ》気《げ》　平和な暖炉の息づかいに。

そしてわたしの魂は満ちて　あふれ　清められていくまるで　天の大きな川が　心の中の　影の岩から湧《わ》くよ

うに。　罪が許される夕暮れ時　親密な時間は　冷たく
同時に暖かく　永遠の輝きに満ちている。
鐘が　高く　遠く　星空に鳴り渡る。　プラテーロはつ
られて馬小屋で鳴く。　天に近づいたこのひととき。　その
声も　とても遠くに感じる。
　わたしは涙を流す　弱々しく一人きりで　感動しなが
ら　ファウスト博士のように。

カーニバル

今日はハンサムだね　プラテーロ！　カーニバルの月曜だ　子供たちは仮装している　闘牛士やピエロ　スペインの洒落男《しゃれ》　マホに。　プラテーロにもアラビア風の馬飾りをつけた。　赤や緑　白や黄色でびっしりと刺繡《ししゅう》されたアラベスク模様だ。

雨と　太陽と　寒さ　丸い紙の花吹雪《はなふぶき》が　道に沿って飛び回っている。　日暮れ時の身を切るような風に吹かれ　仮装の人びとは寒さに凍《こご》え　なんとかして衣装の布をポケットにし　むらさき色になった手を温めようとする。

わたしたちは広場に着いた。　気の狂った女の扮装《ふんそう》をした　数人の娘たちが　白く　長いシュミーズを着て　黒髪をふり乱し　緑の花輪をかぶっている。　彼女たちはプラテーロを捕まえると　広場の真ん中のけたたましい輪に連れて行き　手をつなぎ　彼の周りをぐるぐると陽気に回る。

プラテーロは　尻込《しりご》みしながら　両耳を立て　頭をふり上げる。そして火に囲まれたサソリのように　苛立《いらだ》ってどこかへ逃げようとする。しかし　ロバがとても小さいので　娘たちは怖がりもせず　笑いながら　歌いながら　彼のまわりを回り続ける。子供たちは　プラテーロが捕まったのを見ると　彼を鳴かせようと　ロバの鳴き真似をする。今　広場は　大音響のコンサートだ。金物の音　鳴き声　笑い声　歌声　タンバリン　真鍮《しんちゅう》の鉢《はち》。

ついに　プラテーロは　男らしく決心した。囲みをやぶって　こちらへ駆け寄ってくる　泣きべそをかきながら。豪華な馬飾りが　すべり落ちそうだ。

わたしと同じ　プラテーロはカーニバルなんて好きじゃない。わたしたちは　こういうことには　役に立たない。

死

プラテーロが藁《わら》のベッドに横たわっているのを見つけた。潤《うる》んだ　悲しげな目をして。　わたしは彼のそばへ寄り　撫《な》でながら話しかけ　立ち上がるのを助けようとした。

かわいそうなロバは不意にふるえ　前脚を折ったまま立とうとした。　立てなかった。　そこで　前脚を床にのばしてやり　もう一度優しく撫でた。　そして　医者を呼びにやった。

老ダルボン医師。　プラテーロをひと目みると　歯の抜けた大きな口を胸まで埋《うず》めて　振り子のように　赤ら顔を振った。

「もう　だめなのですか？」

彼がなんと言ったか覚えていない。……かわいそうだが……もう……痛みが……何か悪い根っこでも……土か何か　草と一緒に……

正午　プラテーロは死んでいた。小さな綿《わた》のような腹は　丸い地球のようにふくれあがり　四つの脚は　硬《かた》く血の気をなくし　天をさしていた。彼のふんわりした毛が　いまは　古い人形の　虫に食われた麻の毛のようだった。手をふれると　くずれおちる　悲しみのほこりにまみれて。

しんとした厩《うまや》。光りながら飛んでいた。小さな窓からさす光の中を　美しい三色の蝶《ちょう》が　ただ一羽。

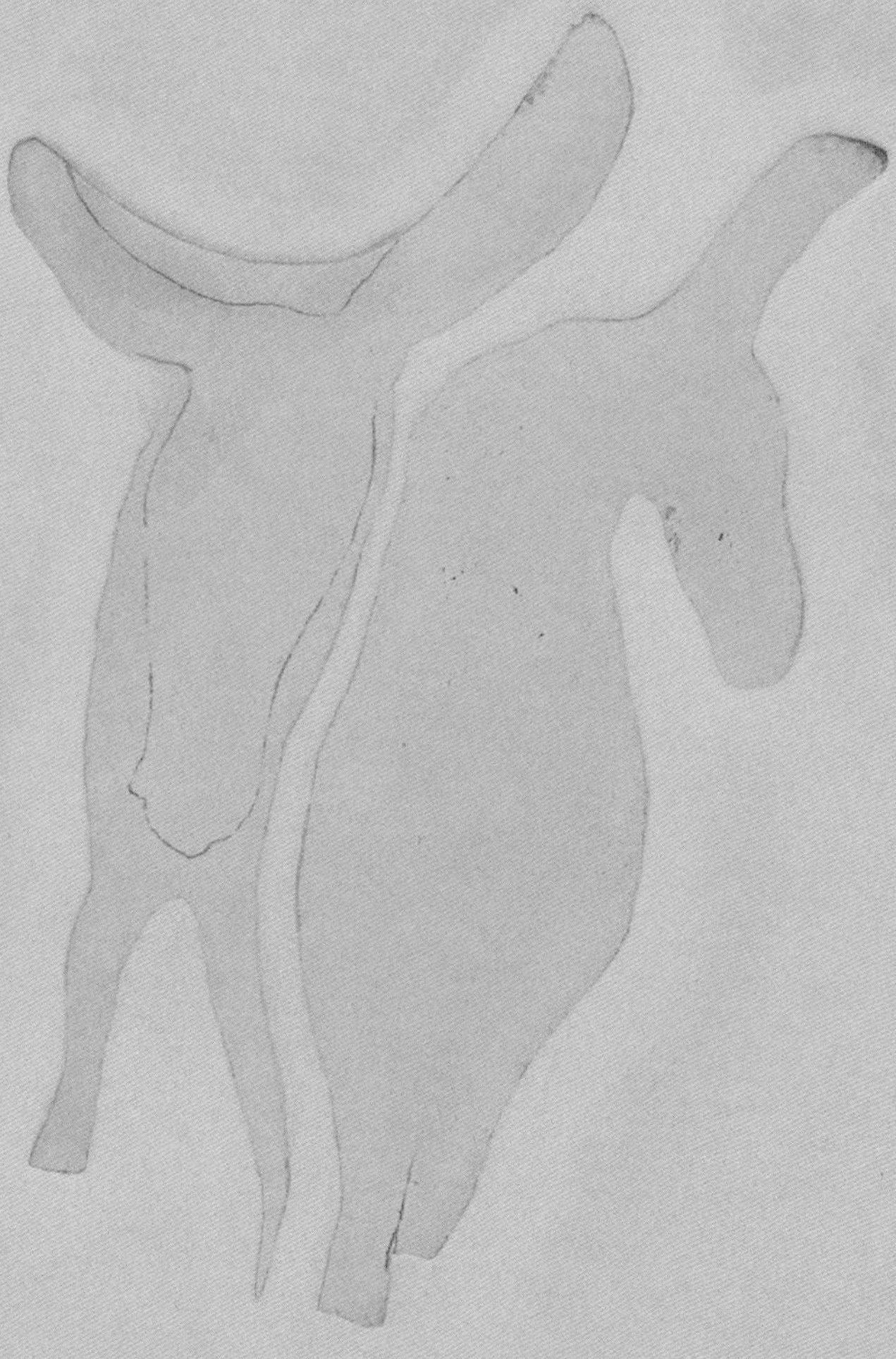

ノスタルジア

プラテーロ　見ているね　そうだね？
見ているかい　畑の水車の水を。透明で　ひんやりした　のどかに笑うような水を。夕暮れの光の中　働き蜂が　緑色や藤色をしたローズマリーの間を飛ぶのを。
丘を赤く染める日の光を浴びて　薔薇《ばら》色と金色になるのを？
プラテーロ　見ているね　そうだね？
古い泉の　赤い坂を上っていく　洗濯女たちの　小さなロバの群れが　くたびれて　足を引きずり　悲しげなのを。限りなく清らかな　大地と空をつなぐ　ひとつの雄大な水晶の中にあるのを？

プラテーロ　見ているね　そうだね？
子供たちがアオイの花の間を　夢中になって走るのを。
枝に咲く赤い水玉模様の白い花を　舞い降りた白い蝶《ちょう》の群れのような花を？
プラテーロ　見ているね　そうだね？
プラテーロ　ほんとうに見ているかい？　そう　お前はそう　見ている。　わたしは信じている。　そう　そう　聞こえる　よく晴れた西の空に　ぶどう畑の谷を甘く包みこむ　お前の優しい　悲しげな鳴き声が。

メランコリー

今日の午後　子供たちと一緒に出かけた　プラテーロの墓へ。ピーニャの丘にある　丸く　父親のように大きな松の根元に。そのまわりでは四月が　大きな黄色いアイリスで　しっとりとした大地を飾っていた。
マヒワが歌う　真っ青な空を映した　緑の木の頂で。小鳥たちの笑い声のような　花のようなさえずりは　芳《かぐわ》しい夕べの金色の空気の中に消えていった　新しい恋の明るい夢のように。
子供たちは　そこへ着いたとたん　騒ぐのをやめた。静かに　必死に　つぶらな瞳でわたしを見つめ　不安そうに質問をあびせる。

「プラテーロ　わが友よ」　土に呼びかけた。　きっとお前はいま天の牧場で　いとけない天使たちを　ふんわりしたお前の綿毛の背中に乗せているだろう。　お前はわたしを忘れただろうか？　プラテーロ　覚えているかい？わたしを？

するとその問いに応えるように　白い蝶《ちょう》が一羽　今まで見たことのなかった蝶が　軽やかに　飛びまわり始めた。　まるで魂のように　アイリスの花から花へと。

モゲールの空にいるプラテーロへ

走るプラテーロ　いとしい小さなロバよ。　わたしの心を　何度も連れていってくれた　わたしの心だけを！　サボテンやアオイ　スイカズラの茂るあの道へ。

お前のことを書いた　この本を捧《ささ》げよう　今はお前も読めるだろうから。　この本は　天国で草を食べるお前の魂へ届く。　お前と一緒に天に昇った　わたしたちのモゲール　あの野山の魂が届けてくれる。　その本の背中に乗って　わたしの魂も昇る。　花咲く野ばらの中をさまよい昇りながら　日ごとに　より良く　より穏やかに　より澄んでいく。

そう　わたしは知っている。　夕暮れの時間　ヨシキリ

の声と　オレンジの香りの中を　たどり着く。　ゆっくりと　思いにふけりながら　寂しいオレンジ畑を越えてお前に永遠の子守歌をささやく松の木へ。　プラテーロ幸福なお前が　不滅の薔薇《ばら》の咲く野原から　わたしを見ていることを。　アイリスの前に佇《たたず》むわたしを。　土に眠るお前の心臓から咲いた　アイリス。

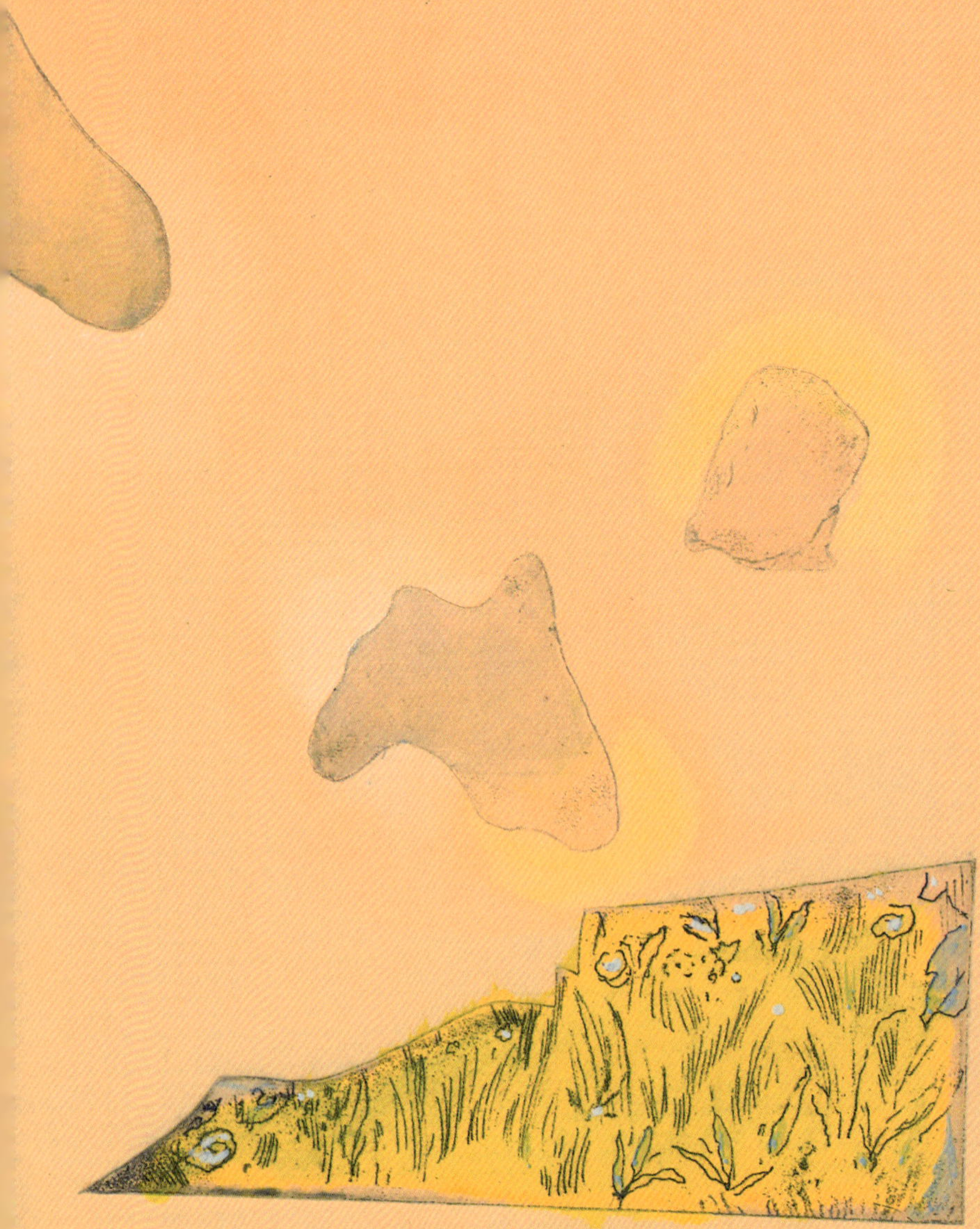

あとがき

詩と音と絵

山本容子

「プラテーロ」と呼びかけると、「プラテーロ」とこだまがかえってくる。ギタリストの大萩康司さんが楽譜を指さすと音符が三つ並んでいた。歌手の波多野睦美さんは、その三音にのり「プラテーロ」と呼びかけ朗読を続ける。そしてプラテーロは軽快な足取りでヒメネスの元に戻ってくる。と同時に足音の音符が、足並みを表現する。

ヒメネスの散文詩二十八篇にはテデスコのギター用の作曲がなされていた。ギターの演奏と朗読を聴きながら、銅版をオレンジ色の絵の具を塗布したキャンバスに刷った。オレンジ色のベースは、ヒメネスとプラテーロの素肌のあたたかさと、太陽があたためた大地の色、信頼関係の色。そこで繰り返される自然との対話には、まず肉声と肉体が必要だと感じたからだ。

この詩は、ファンタジーではない。リアルなロバとの年月を描くことが大切だと思った。ロバは鳴くが泣かない。案外不愛想な顔をしている動物だ。そこで、銅版を空間を孕んだプラテーロの姿として切り抜き、その姿を現実的なモノとした。

編集者の刈谷政則さんに、キャンバスの余白を指さしながら、ヒメネスとプラテーロが時空を飛び越えたことを報告した。

最後に、この本が、ヒメネスの詩一三六篇を収めた『プラテーロとわたし』（伊藤武好・伊藤百合子=訳／長新太=絵）を刊行している理論社から出版される巡りあわせにも感謝したい。

（二〇一九年夏）

フアン・ラモン・ヒメネス（Juan Ramón Jiménez）

スペインを代表する詩人。1881年アンダルシア・モゲール生まれ。代表作『プラテーロとわたし』は世界中で愛される散文詩集。1956年ノーベル文学賞を受賞。1936年内乱を逃れてキューバ、アメリカに移住し、1958年プエルトリコで死去。

山本容子（やまもと・ようこ）

銅版画家。1952年生まれ。京都市立芸術大学西洋画専攻科修了。都会的で軽快洒脱な色彩で、独自の銅版画の世界を確立。絵画に音楽や詩を融合させるジャンルを超えたコラボレーションを展開して数多くの書籍の装幀、挿画を手がける。ライフワークのひとつとして、医療現場の環境への提言である〈アート・イン・ホスピタル〉にも取り組むなど、幅広い分野で精力的に創作活動を展開している。
公式HP：山本容子美術館LUCAS MUSEUM　http://www.lucasmuseum.net

波多野睦美（はたの・むつみ）

メゾソプラノ歌手。ロンドンのトリニティ音楽大学修了。シェイクスピアの時代のリュート歌曲での印象的なデビュー以来、一貫して言葉と音楽で「詩」を読み解き、その世界を伝えることを目指す。ルネサンスから現代まで、時代とジャンルを自在に往来しながら独自の存在感を放っている。

詩画集　プラテーロとわたし

作　者　J.R.ヒメネス
画　家　山本容子
訳　者　波多野睦美

装　幀　十河岳男
企画・編集　刈谷政則
発行者　内田克幸
編　集　岸井美恵子
発行所　株式会社理論社
〒101-0062 東京都千代田区神田駿河台2-5
電話　営業03-6264-8890　編集03-6264-8891
URL　https://www.rironsha.com

2019年10月　初版
2021年9月　第2刷発行

印刷・製本　光陽メディア

ISBN978-4-652-20350-7 NDC963　A5変型判 21cm 120p